Edición original: **OQO Editora**

© del texto	Helga Bansch 2007
© de las ilustraciones	Helga Bansch 2007
© de la traducción del inglés	Eva Mejuto 2007
© de esta edición	OQO Editora 2007

Alemaña 72	36162 PONTEVEDRA
Tfno. 986 109 270	Fax 986 109 356
OQO@OQO.es	www.OQO.es

Diseño	Oqomania
Impresión	Tilgráfica

Primera edición	noviembre 2007
ISBN	978-84-9871-003-8
DL	PO 786-2007

Helga Bansch

PETRA

OQO EDITORA

– ¡La gordura es hermosura!
-dijo Mamá Elefanta.

Pero a Petra no le gustaba estar gorda:
ella quería ser delgada y elegante.

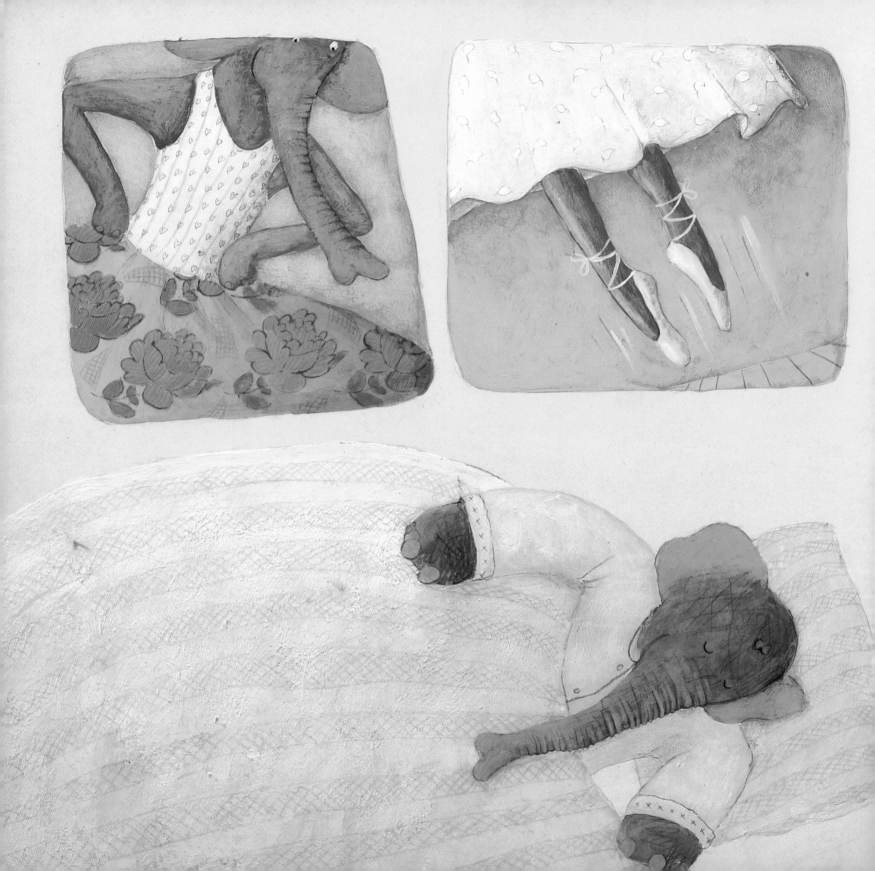

Por las noches soñaba
que tenía la cintura fina y las piernas flacas.

Soñaba también
que daba pasitos graciosos y que no hacía ruido al andar.

Pero por las mañanas, al despertarse,
seguía igual que siempre.

Al verla disgustada,
su amigo, el loro Enrico, le dijo:

– ¿Por qué no pruebas a adelgazar?

A Petra le pareció buena idea,
y se puso contenta.

¿Qué podría hacer…?, pensó.

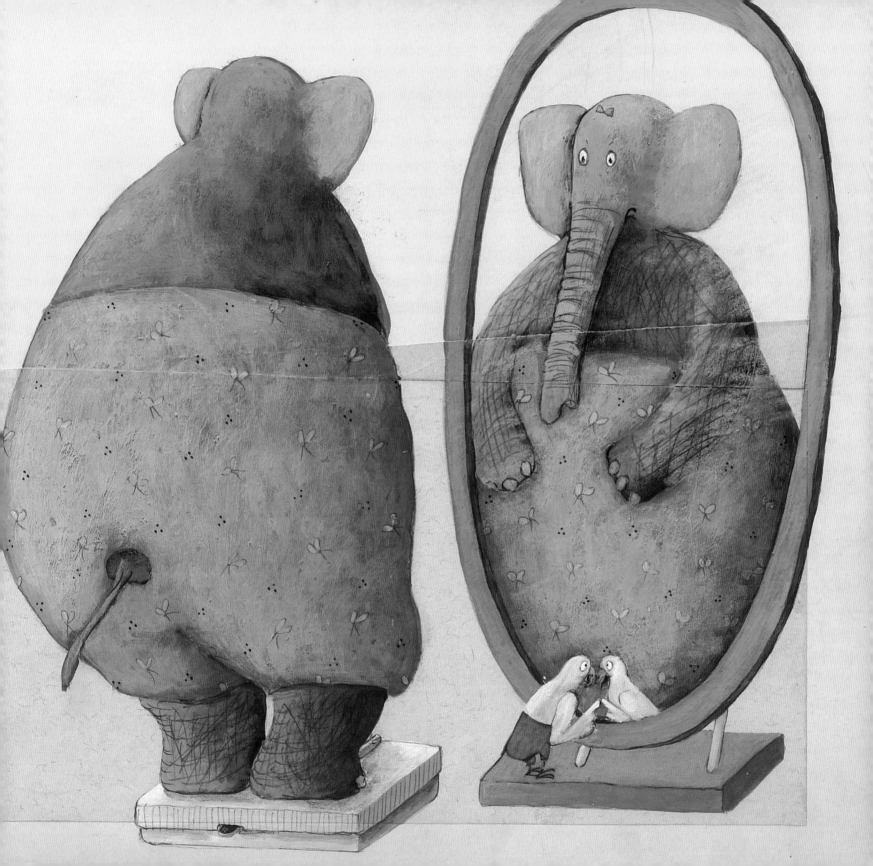

Al día siguiente
fue junto al cocodrilo y le preguntó:

– **¿Cómo te las arreglas para estar en forma?**

– **Hago ejercicio todos los días.
Mira: ¡todo músculo!**

Petra puso los ojos como platos
y decidió empezar enseguida.

Desde muy temprano no paraba de moverse:
corría, saltaba… ¡no descansaba ni para comer!

Al cabo de una semana estaba agotada
y tenía unas agujetas terribles,
pero de músculos… ¡ni rastro!

Y pensó que aquella no era la solución.

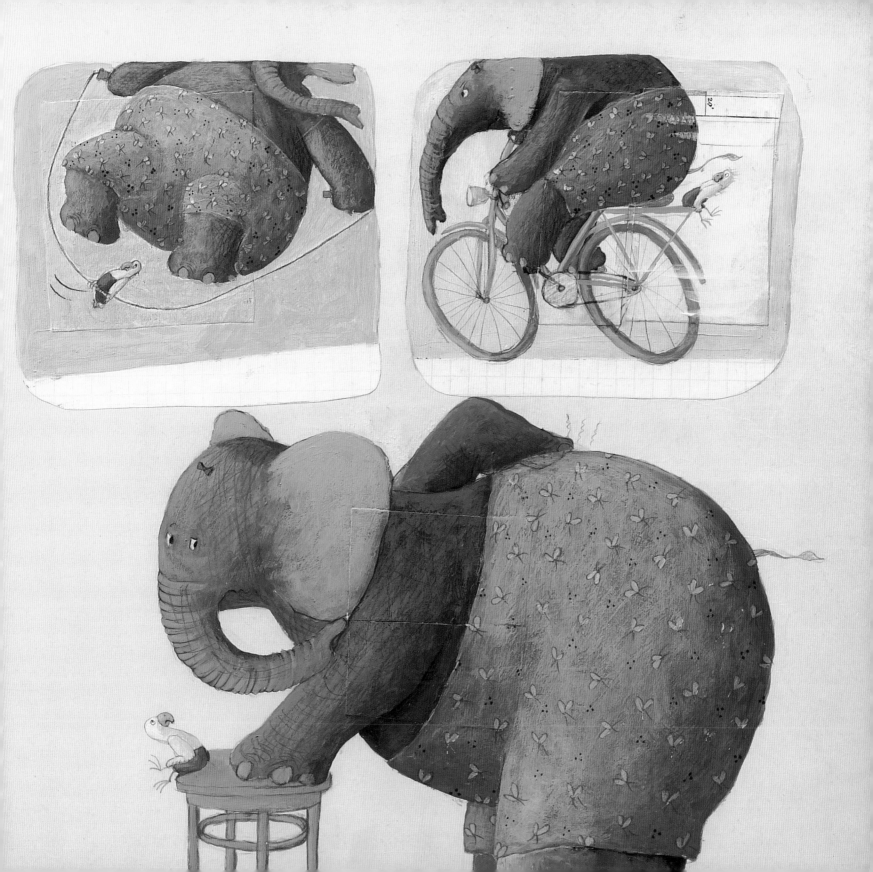

Entonces fue a hablar con las cebras:

– **¿Cómo os las arregláis para estar tan elegantes?**

– **Usamos trajes de rayas verticales:
¡sientan de maravilla!**

Petra se quedó encantada; aquello le parecía más fácil.

Mamá Elefanta le hizo unos pantalones preciosos.

Le sentaban bien, pero…
no la hacían tan delgada como Petra esperaba.

Entonces fue a preguntarle a la serpiente
(ella sí que estaba escuchimizada...):

– **¿Cómo te las arreglas para estar tan delgada?**

– **El secreto es comer sólo una vez a la semana**
-susurró la serpiente.

– **¡Vaya! ¿Cómo no lo habré pensado antes?**
-dijo Petra.

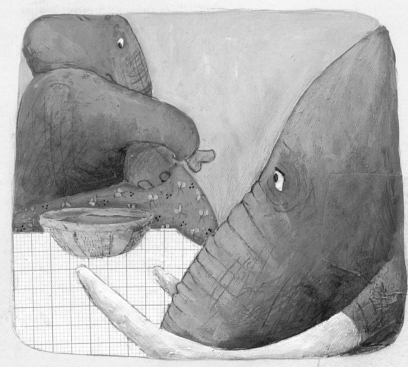

Cuando llegó a casa,
Mamá Elefanta acababa de prepararle
su plato favorito: sopa de hierba.

Pero Petra no comió nada de nada,
y su madre se quedó un poco preocupada.

Por la mañana, con el hambre, a Petra le hacían ruido las tripas.
¡Ya no tenía a quién preguntarle ni sabía qué hacer!

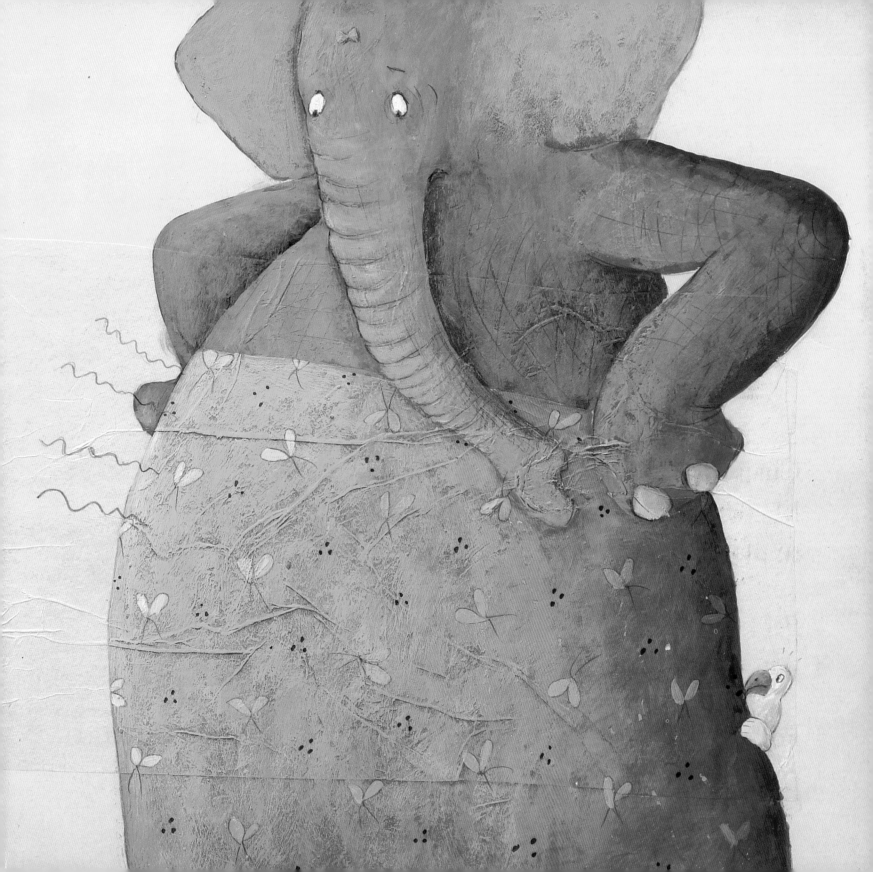

Al día siguiente, decidió ir por el mundo
en busca de alguien que pudiese ayudarla.

– Pues yo iré contigo -dijo Enrico.

Mamá Elefanta les preparó algo de comer
y, un poco triste, les dio un beso de despedida.

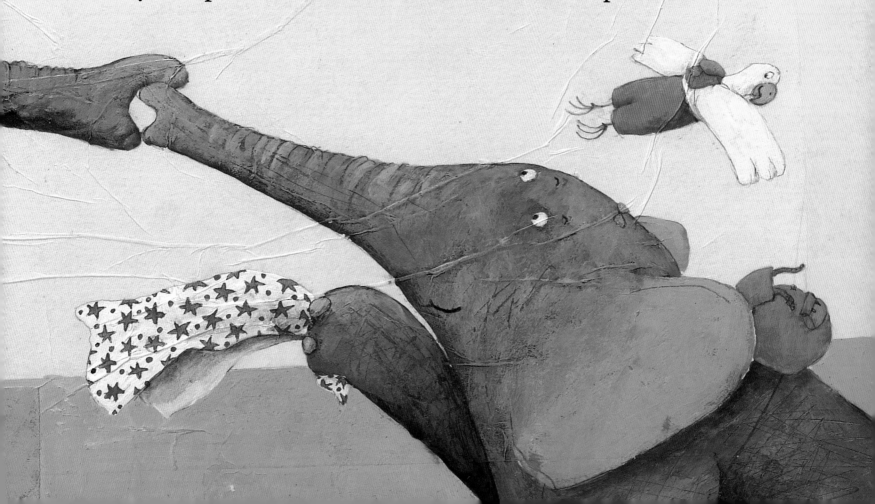

Después de andar un buen rato,
llegaron a un lago muy hermoso.

Se sentaron a la sombra de un baobab
y, en un abrir y cerrar de ojos,
acabaron con toda la comida que llevaban.

De repente, un chorro de agua
los empapó de arriba abajo.

Al momento, un elefantito muy simpático gritó:

– **¡Soy Fortunato Turulato…!**
¿Venís a jugar conmigo?

Petra pensó que un baño no le sentaría mal.

De un salto, se zambulló en el lago,
salpicando de paso a Fortunato.

Jugaron e hicieron mil travesuras en el agua.
¡Se lo pasaron de maravilla juntos!

Después comieron la mejor hierba
que Petra había probado en su vida.
Al atardecer, Fortunato le dijo:

**– Nunca había pasado por aquí una elefantita como tú…
¡Qué estabas buscando?**

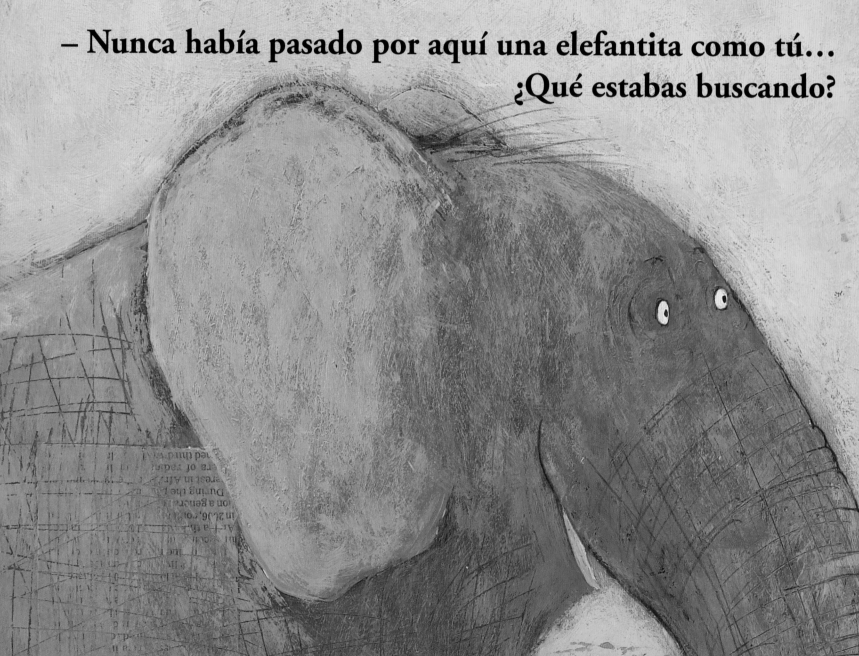

Petra ya no se acordaba, pero una cosa sí sabía:
la sonrisa de Fortunato
le hacía cosquillas en el corazón…

Al cabo de unos días,
Petra y Enrico volvieron a casa.
Fortunato también fue con ellos.

Por el camino encontraron
cocodrilos musculosos,
cebras elegantes,
serpientes muy delgadas…
¡y elefantes grandullones!

Mamá Elefanta
le dio a Petra un abrazo enorme.

Con los amigos, celebraron una gran fiesta de bienvenida.
Comieron, bailaron…
Petra y Fortunato lo pasaron en grande.

¡Y todos tan contentos!

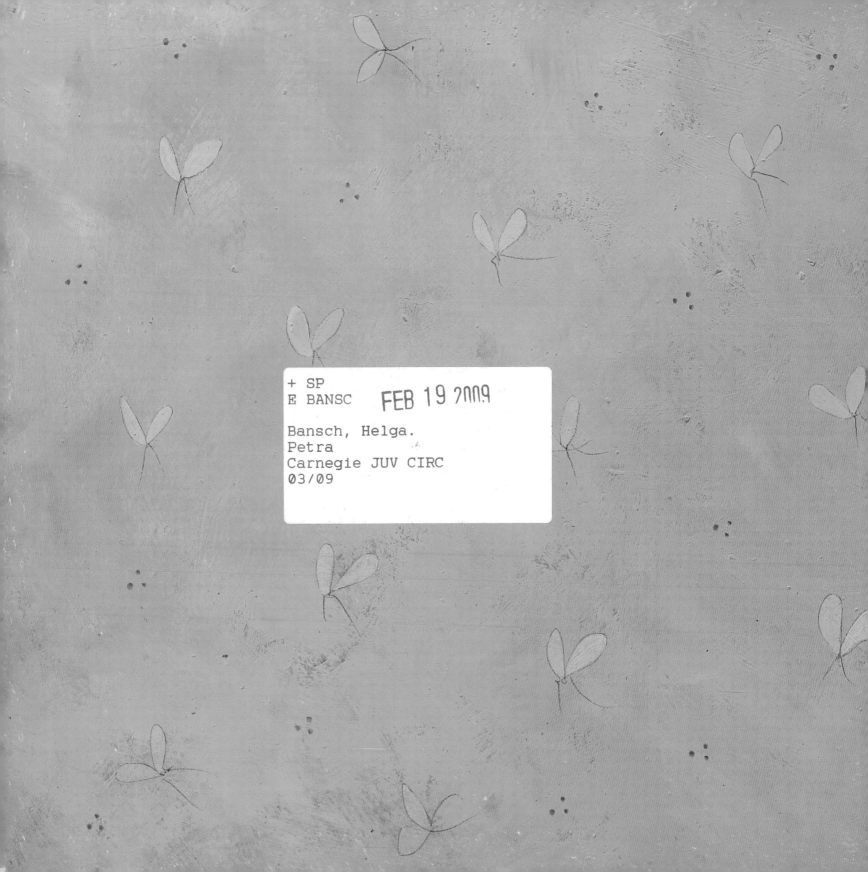